つれゞ権草

権守いくを

目次

前書

還暦の道楽で、ほぼ同時期に俳句と川柳を始めました。

最初は退屈しのぎのつもりで鉛筆を持っていました。「意志あってこそ道は拓く」と云われますが、ここまで辿り着くのはそこそこの旅でした。

そしてこれらの句は、小生の団塊の宝物です。

川柳

核反の批准を拒む木偶の国
もの言わぬ黒いマスクがものを言い

釘の無い塔は揺るがず五百年

団塊で昭和の荷物引いた自負

ミシュランが星なら母の味は月
ような気がすると言ってる意地っ張り

夕立が洗い流した胸の塵
修験者の法螺に真の音がする

アルコール入るとペンが良く滑り
指折ってやっと納まる十七音

余ったり足りなかったり嗚呼一字

極楽へもう一息の曲がり角

カナリヤは歌を覚えにカラオケへ

一杯の珈琲飲んでも咲かぬ恋

きな臭い匂いばかりの世界地図
道草を喰って世間の粗を知り

難病とレースに勝った人魚姫

太筆の母の吉書に幸とあり

この世には途中下車して寄ってみた

突然にレッドカードを出した妻

窮屈なこの世をちょっと股のぞき
砂に書く相合傘も波が消し

あちこちに廊下トンビの舞う宿屋

へべのれけ俺の行先足に聞け

ピアスした隣の嫁の品定め

初孫に曲がったヘソを戻される

人の世は無常の夢の走馬灯

妻以外触れた事ない不粋な手

文楽の人形どっこい生きている
職業は寺山修司なる男

回らない頭に注ぐ潤潤酒
名の由来未だ分らぬ鶴彬

新子女史才と美貌で名を残し

割り勘が割り切れないと不満顔

出世して錦を飾る故郷なし
親切とお節介は紙一重

男には二言は無いと口にバッ

鉄舟の筆は剣より役に立ち

高軒地震の揺れも気がつかず
若き日の意地は風化で砂となり

要領を教えて欲しや弥次郎兵衛

名優の孫がよろける初舞台

草枕唯我独尊高䡉

フラッシュを浴びる良い人悪い人

一匹で泳ぐメダカに訳ありや

茶化したり濁したりする無茶な人

毒ならば吾も負けじと舌を出し
消しゴムで消すに消せない片想い

好物は人の噂とコップ酒
三猿になればこの世は気にならぬ

お迎えはまだ早いですその内に
老ひらくの恋は互いに顔に出り

縦縞は十八年目にアレ掴み
この川はオラの畑と老漁師

あの町の映画館こそ我が母校

延命のサプリと信じまた昼寝

赤い紙命奪った罪ありし

居酒屋に祭自慢の国訛り

ベロ監の海の青さや画狂人

愛国の翼に右と左あり

おだてられじっと梯子にしがみつき

2Bで思いきり書く懸想文

混浴の湯気の向こうが気にかかり
女には真似出来まいぞ髭パイプ

ふわふわのキントン雲で落ちた猿

「ありがとう」素直に言える歳となり

冥途へは手ぶらで行くか迷いたり
この先を曲がれば見える桃源郷

柿もげば鳥が泣くなり龍宝寺

猫よりも孫より嫁の手が欲しや

天災は忘れられずにまた来たり

雀の子お馬に乗りて上機嫌

野次馬は遠くで吠えて後ずさり
背後より貧乏神の下駄の音

何者か天の窓から覗く奴
青春は枯れるを知らぬサユリスト

薬より待っていたのは紙風船
ガタガタの馬車で還るか天国へ

我が脳の賞味期限はいつだろか
こんな星宇宙人にくれてやる

老いらくの恋の行方は風次第

勝負師が敵は自分と言う強気

言の葉がゆらゆら揺れて寝つかれず
鳩よりも鶴が平和を訴えし

世の糧は嘘と真の混ぜ御飯
還暦の御輿男は同級生

亡き父の軍服姿セピア色

古寺の亀には勝てぬ喜寿祝

悲しみは割り嬉しさ掛けてみる
あの苦労笑い飛ばして母は酔い

八月の父の日記の涙あと

焼芋で腹を満たした昭和の子

見かけ程サラリーマンは楽でなし
銀座の夜蝶とネズミが動き出し

青い鳥きっと逢えると空仰ぎ
愚痴文句谺となりて谷に消え

尼さんの頭一度は触りたし

親友の堪忍袋も惚け始め

この本を読んで欲しいと本が呼び

随筆

★おわい屋までやった貧乏自慢詩人の山之口貘サンは沖縄の出身です。私はさり気ない飄々とした詩風が気に入ってます。その代表作「生活の柄」はフォークの酔人高田渡の代表曲であり、私のカラオケ愛唱歌でもあります。♫辿り着いたら……草に埋もれて寝たのです。

鴎外の本名の墓石を見て、本人も娘に本名のお墓を指示したとか。玄人受けした味わいのあるロマンチストでした。

★福井出身の歌人橘曙覧の「独楽吟」はとても独善的です。かつて米国のクリントン大統領が天皇陛下の前で〝たのしみは朝おきいでて昨日まで無かりし花の咲ける見る時〟とスピーチした事ですっかり世に広まりました。そこで小生も…

楽しみはひいきのチームが勝った夜
野球ニュースを酔って見る時

楽しみは又も来ました木曜日
文春砲を浴びている時

楽しみは酒呑みあきた夜も更けて
談志の噺寝てて聴く時

★　西の童謡詩人金子みすゞと比べられた東の夭折の天才少女清水澄子サン。文学と人生に対する失望で自ら調べた時刻表に合わせ、女学生のままで自決していまいました。確か長野の人です。彼女は自ら〝まぼろし派〟と称し全てのものを否定しました。

彼女へのレクイエム…

・寂しさや悲しみはなぜ湧いていくる
人間だから馬鹿だからかも

・天女の泪はエメラルド
地上の風に晒されて
聖なる星へ還ります

★

紀貫之の〝夕立や…〟で識られている隠し味の「折句」に、一寸挑んでみました。

紅き空黄色に光る月いづく
暫し一人で待つたそがれぞ（あきつしま）

何はあれさらりと流す今日の月（なさけ）

★　柳田國男も惚れた山の詩人尾崎喜八氏。
知力と体力を備えた魅力的な人でした。
作品から娘への愛情がひしひしと伝わってきます。
正に悠々知的生活の様でした。
ここで倣いて…

今ここに一本の桃を植えよう
娘が大きくなる頃
桃は花咲き実を結び
鳥や虫たちの宴が開かれ
ほら新しい小宇宙の始まりだ

★

放浪の歌人山崎方代はホーダイと読みれっきとした男性です。山梨の出身で鎌倉に棲み着き、色々な方に歌を売り込んでいました。又吉氏は鎌倉文学館でそれを見て感動したそうです。又、高名な文学評論家は長年女性だと思っていた事もありました。かなり生々しい生活歌を詠んでいます。でも、憎めないのです。十朱幸代サンの大ファンでした。

そして一首…。

ほろ酔ひて思い叶わぬ初恋の
過去を創りし法螺の方代

★扇橋師匠の「やなぎ句会」。
アンツルに寄生虫と呼ばれた永六輔氏は、歳時記を持っていなかったそうです。

三才に入らないと番組で句会は無かったと言っていました。かなりの負けず嫌いです。尚、この会には岸田今日子サン、富士真奈美サン、吉行和子サンら美女群が入っていました。

我が大牧先生も顧問として参加していました。

俳句より一杯と旅行が目的の親睦会の様でした。ここでは変哲（小沢昭一）なるスーパースターが活躍しました。

★「話の特集」の編集長矢崎泰久氏の句会には、彼の人脈を生かしマスコミ、芸能界より多彩な人物が集まりました。その時吉永小百合さんの〝松茸は舐めてくわえてまたしゃぶり〟

がスポーツ紙にバレ句としてスクープされ、大きな話題にとなり、その後彼女は二度とこの会に出席しませんでした。

★その他、山藤章二サンの「駄句駄句会」もユニークでした。このメンバーも多士済々で凄かった様です。

★尾崎放哉を書いた吉村昭氏も石寒太氏と一緒に句会を開いていました。

★渥美清サンも風天の俳号で自由律のいろいろ面白い句を残しています。

ビバ・ハイク！

俳句

ぬるぬるの夏の川なりふる里は
足洗ふ肉刺の硬さや石叩き

待ちきれぬ小川の竿や猫柳

病葉の裏に木歩の影潜み

しみじみとひとりですするしじみじる

一雫値千金杜鵑

夏やせや軽きいのちの針が振れ

シスターのネイルアートや落葉掃き

今はもうながむるだけの夏山河

蜉蝣の水面打つ尾の激しかり

硬きパンかじり七月十四日

雷鳴やサル目ヒト科絶望種

丸木画の声無き叫び原爆忌

八月の空の古傷未だ癒えず

掃苔や親父好みの酒煙草

鉄兜知らぬ息子の冬帽子

床の間に阿夫利の独楽が鎮座せり
幾つもの棚田に映えし月妖し

爽籟を聴きたく今朝のズック靴
世の塵を掃いて逝きたり雪をんな

手酌する吾が誕生日一茶の忌

ナナカマド食べてあたしは赤い鳥

故郷が光って見えし祭の日

放牧の牛の尻尾や虻二匹

十年や老ひたる漁夫の若布舟

枯葉舞ふモンマルトルのカフェの窓

甚平を着て日本の爺となり
なにやかやあれど黙して秋刀魚喰ふ

麦わら帽かくも似合ひしおらが嫁

雪解水やがて田畑の母となり

土手に寝て天下論ぜし草いきれ

黙祷に割って入るや蝉しぐれ

三陸に海ある限り若布採る

青い眼のつんつるてんの浴衣かな

日本の漢となりて懐手

動かない天に数多の雁の飛ぶ

肥満児の人気者なり草相撲

冷やかしのべったら市の人いきれ

リヤカーの泥大根が踊り出す

空っぽになりたいだけの日向ぼこ

卓袱台の白き卵やイースター

母の居ぬ部屋の広さや釣忍

木枯しや抹香町の長太郎

漁棄てし伜帰るや祭の夜

七粒の米に七羽の雀の子

一重八重紅白乱る梅盛り

馬で来て牛で帰るや盆の母

そばの花阿国の里を白く染め

荷風忌や旧玉の井の鳩一羽

息吹きて息吹き返す風車

朗読の喉も渇きし原爆忌

田畑の息吹きかえす雷雨かな

生ビール「ボルガ」の味のほろ苦き

凩をかはしてくぐる縄のれん

初恋や取れざるままの牛膝

献杯の声は静かに秋海棠

百舌でさへ戦は嫌と鳴いてゐた

初孫に行方問はれし流し雛

丸木氏の足尾事件図空っ風

広島に褪せてはならぬ夏の花

海見ても山見てももう遠き夏

八月の雨やときどき黒く見ゆ

古本を探しあぐねし梅雨ばしり

ブックカバー外せし朝や更衣

露草の瑠璃に満ちたる廃墟かな

鯛焼きにかぶりつきたるヘルメット

ラムネいま通過してをり咽仏

千両と叫ぶをとこや瓢揺れ

反戦旗掲げよ八月の空に
天空に我顔出して星祭

鰻は平和の味して新しき世なり

故郷へ無言の下車や秋湿り

復興のこの地の顔やつくしんぼ

蜩の泣きて手古奈の奥津城処

水切りの石の行方や河鹿鳴く

鯊釣りの女ひたすら無口なり

抱けば直ぐ溶け出しさうな雪をんな

飲める内友と語るや去年今年

蟷螂や枯れても命繋ぐ所作

よちよちの靴にころりとくぬぎの実

野に出でて裸足で駆けよ古里は
ひと雫せせらぎとなり春になり

ふる里をそっと歩くや祭笛

秋の田にこぼれし笑顔若夫婦

黒い雨降っても枯れぬ夏の花

雷鳴にもしやと思ふ終戦日

世界地図焦げ跡増えし秋の乱

手酌酒秋刀魚の腸のほろ苦さ

あの影は詩人の姿月あかり
くつわ虫今年も鳴くや忠魂碑

心痛の遊子佇み雁送り

野分あと荒れし波間に勇魚啼き

ピアフ聴く窓にひと花冬薔薇

シャンソンに乗りし枯れ葉の初舞台

落葉掃く二人の尼や右ひだり

地方紙に包まれ林檎上京す

ひやかしのべったら市の人いきれ

吉野より河津へ行けと花奉行

春山や黄みどり緑ふかみどり
みづうみを鏡に富士の雪化粧

賢治まだ下の畑や梅雨ばしり

病窓に不意の見舞ひや秋茜

農作は国の宝ぞ天高し

塔頭の厠を覗く実南天

風の坂胡弓流れし酔芙蓉

蝸牛富士に角出す朝かな

野良猫と廂探すや小夜時雨
まな板に大根躍るブギの朝

時雨るるや築地アメ横人いきれ

尼二人背中合わせに落葉掃き

長き夜や出すあての無き手紙書く

ひと雫こぼる月光手で受けし

言い分が通らぬままや空高し

裏庭の不揃ひのゆず湯に浮かべ

春風の噂ばなしを待つ女

六花なる乙女と添ひし北の宿

大原女の頭に咲きしすみれ花

鉛筆の転がる牛后や春隣

地震憂ひ熱燗の首そっと持ち

春一番船頭小屋で網を編み

むごし世に泪こぼせし雪だるま

凍て空や彼方に民の涙あり

西行の風姿なるかや桜守

バラ二本挿しに来ました父母の墓

ほうたるになりてかへれやこれからは

短歌

のぼさんの庵に集いて鍋つつき明日を憂いて短詩を論ず

古里の土の温さを知りたくて裸足になりて四股踏んでみる

いもうとを持たぬ歌人がいもうとを詠みたくなる夜歌の妖しさ

マサゴンの邦雄は母に筆を投げ修司は母を売りに出す

窮屈と退屈の今目薬と眼鏡取り出し積ん読捲る

井月を伊那に詣でし山頭火墓に二つの茶碗酒置く

ほととぎす根岸の里に栖みつきて筆を振るって大人《たいじん》となり

相模野に四つの御世を駆け抜けし百過ぐ母の声の高さよ

母が居る長生きしてる母が居る自慢ばなしの無き古里に

海眺め空を見上げしひとり身は魚になったり鳥になったり

思うまま動けぬ吾に訃報あり義姉の最期に逢えぬ口惜しさ

生きて来た証し確かめ故郷にリュック投げ出す父母の墓

メールよりたまに愛しき言葉添え見せて下さい水茎の跡

横顔

昭和二十二年、神奈川県津久井郡（現相模原市）生まれ。早稲田大学一文卒。一茶忌の十一月十九日が誕生日なので一茶の生まれ変わりと自認。

川柳は廣島英一氏、俳句は大牧広氏の指導を受ける。

川柳人協会所属。俳句結社「くぬぎ」「こんちえると」同人――川柳は日本川柳協会の全国大会で特・入選。

俳句は良寛、子規、山頭火、一茶、井月、ＮＨＫなどの全国句会でそれぞれ特・入選。

国際俳句協会会員、足立川柳会幹事、足立区文化功労賞受賞、開高健ファンクラブ会員、地球環境平和財団員。

好きな先人たち――――

円空、良寛、鉄舟、熊楠、魯山人、足穂

後書――――

徒然に筆を取った駄言を冥土の土産として括ってみました。

お粗末様でした。

草々

つれづれ雑草

2024年10月1日　第1版発行

著　者　権守いくを

デザイン　進藤賢二

発行所　ブイツーソリューション
〒466-0848 名古屋市昭和区長戸町4-40
電話 052-799-7391　FAX 052-799-7984

発売元　星雲社（共同出版社・流通責任出版社）
〒112-0005 東京都文京区水道1-3-30
電話 03-3868-3275　FAX 03-3868-6588

印刷・製本　シナノ印刷株式会社

定価はカバーに表示してあります。乱丁・落丁本はブイツーソリューション宛にご送付ください。お取替えいたします。

　ISBN978-4-434-34570-8 C0092